KB231944

희망의 노래

개미

장애인 창작집 발간지원 사업 선정 작품집

# 희망의 노래

1쇄 발행일 | 2013년 12월 20일

지은이 | 정개석
펴낸이 | 정화숙
펴낸곳 | 개미

출판등록 | 제313 - 2001 - 61호 1992. 2. 18
주소 | (121 - 736) 서울시 마포구 마포대로 12 한신빌딩 B-109호
전화 | (02)704 - 2546, 704 - 2235
팩스 | (02)714 - 2365
E-mail | lily12140@hanmail.net

ⓒ 정개석. 2013
ISBN 978 - 89 - 94459 - 36 - 3 03810

값 10,000원

주최 | 대한민국 장애인 창작집필실
주관 | 장애인인식개선오늘(고유번호 305-80-25363. 대표 박재홍)
심사 | 발간지원 사업 심사위원회
후원 | 대전광역시, 대전문화재단, 계간 문학마당

*이 책의 출판권은 3년간 주관사에 귀속됩니다.
*이 책은 재생종이를 사용해 지구 환경 오염 방지를 실천하고 있습니다.
*잘못된 책은 바꾸어 드립니다.

# 희망의 노래

정개석

## 발간사

　2011년에 24권 24,000권에 이어 두 번째 시집을 내면서 반추를 해봅니다. 삶의 질곡 속에서 살아온 날보다 살아갈 날에 이 창작집으로 인해 위로가 되길 바라는 마음이 간절합니다.

　대한민국장애인창작집필실이라는 타이틀 처음으로 달던 때가 빈 하늘에 달을 매달던 마음이었습니다.

　이번 선정 작가와 작품집은 반향이 커지기 시작했습니다. 자기 몸을 온전하게 운신하지 못하는 이들이 모여 만든 동인시집을 비롯해 지역적 교류를 시작하였고, 개인 시집 4권, 2인 시집 1권, 지역 일반인 개인 시집을 1권 하여 총 7권이 발간됨에 있어 새로운 가능성의 환희를 체험하고 있습니다.

　대전시와 대전문화재단의 관심과 지원 그리고 후원은 커다란 시대정신의 한 축이 되기에 충분합니다. 한국문학의 새로운 정신의 발로가 이곳에서 비롯되기를 바랍니다. 하루의 삶이 버거운 이로부터 내일의 희망이 갈급한

이들까지, 그리고 같은 시대를 사는 눈높이를 같이하는 모든 약자들에게 바칩니다.

공모에 응해주신 작가분들에게도 축하와 감사를 드립니다. 아울러 심사위원 박덕규 교수님을 비롯해 계간 문학마당, 갤러리 푸른창, 갤러리 예향 좋은친구들, 갤러리 예향 한국장애인문화네트워크, (사)한국청소년영상예술진흥원, 최영란 무용단, 착한봉사단에 감사의 마음 전합니다. 특히 장애인 작가들의 육필로 쓴 원고를 직접 타이핑해 주신 권태정, 조은경, 강건규 등 일일이 말하지 못한 모든 착한 마음에서 읽는 독자에게 이 책을 바칩니다.

2013년 12월
장애인인식개선오늘
대표 박재홍

## 시인의 말

황량한 노정에
스쳐 갔던
희미한 순간의
섬광일지라도

회상의 바람에 실어
띄워 보며

그저 웃고 사는
양식으로 삼으리라

바라면서……

2013년 12월
정개석

# 희망의 노래
## 차례

발간사  004

시인의 말  007


할미꽃 피는 마을  011

낙원의 언저리  013

장미  016

석류꽃  018

호수에 지는 꽃잎  020

민들레꽃  022

바람 잘 날 없어라  024

회한  026

조약돌 군상  028

돌부처  030

가을의 노래  033

나그네  036

고독을 그리다  039

송아지 눈망울에 흐르는 구름  042

콩잎 장아찌  045

눈 내리는 밤에  047

여인들의 한복의 멋  050

은밀한 기도  053

군고구마 향기  056

수탉의 위용　058

장떡 굽는 마을　060

물의 소리　063

산　065

개미　067

반딧불 흐르는 계절　070

만년필에 흐르는 정서　073

서예의 멋　076

여백의 삶　079

묵난墨蘭　081

인간다운 것　082

엄마의 춤　084

불면증 환자　086

회귀의 여정　088

바위 봉우리　091

그저　094

백합꽃 정서　097

적막한 소리　100

거꾸로 보는 사람들　103

우물 안 개구리　105

가을 공원에서　107

향촌의 음악　110

잔소리　113

봄나물　116

달맞이 동산　119

# 할미꽃 피는 마을

눈 감으면
오롯이
다가오는
고향은

산이었나
강이었나
바람의 향기였나

이른 봄
강 언덕에
숨어서 피던
털북숭이 봉오리가
두렵고 수줍어서
고개 숙이고
은밀한
붉은 속살 꽃잎 속에
감추어진 사랑의 씨앗

황금빛 찬란한
실타래 술을
보물인 양
은근히 보여 주던
순정
순결의 정서
할미꽃 피는
마을

지금도 양지쪽
그
언덕에
봄 오는 소리

꿈으로
그
바람을
듣는 사람

# 낙원의 언저리

푸르른 숲속에
숨어서
울어

슬프도록 정겨운
뻐꾸기 노래에

안개구름
찾아들어
잠든
산마을

고요한
숨소리는
아지랑이로
피어오르고

한나절

햇살 밝은
강 언덕에
피어나는
아가씨들인가

진달래
민들레
달래
예쁜 이름들이

이슬로
순결의 빛을 모아

방울방울
보석으로
빛을 쏘는
언저리

거기가
평화의 낙원인 걸
내 어찌
잊으리

꿈에라도
가고픈

# 장미

눈물 글썽
영롱한 이슬방울은
저 고운 얼굴이
수줍어선가

겹겹으로
여민 꽃잎
봉오리 속엔
어떤 보물의
은밀함이

그윽한 향기가
고귀한 품위로
피어오르고

함부로 대하지 못할
예리한 가시가
더욱

어여뻐

곧고
맑은 정절의
연인이어라

# 석류꽃

반짝이는
초록 잎들
그늘에 숨어

어둠을
밝히려는
작은 등불인 양

발그레한
빛을 쏘며

아기 석류꽃이
누구를 향한
재롱인가
"까꿍" 하며
피어났네

저 고운 단장은

누굴 위한
애정인가

귀엽고
오동통한
예쁜 자태는

옛 고향 집
부엌문 앞에
피어나던
석류꽃 닮은
소녀들

맑고
밝은
순결의

입술이어라

# 호수에 지는 꽃잎

봄바람에
조는 듯
고요히 저무는
동산에 달이 뜨고

하얀 벚꽃 잎들이
호수에
눈처럼 지고 있네

하늘하늘
날아 앉는
가녀린 꽃잎들이
잔잔한
호면을 간지럽혔나

엷은 미소인 양
이는 잔물결

은근히
호수 속으로
달도 내려와

찰랑대는
무늬로
율동하는
현란한 춤사위에

취해 버렸나?

깊은 호수도
어지럼을 타는 듯
적막한 얼굴 위로
맴도는
바람

# 민들레꽃

연둣빛
보송보송
피어나는
잔디 풀밭에
동그랗고
하양 노랑
꽃잎 양산 펴 들고

비 개인
아침 햇살에
눈물 글썽
웃고 서서

누구를 기다리나
봄의 전령으로
오신 아가씬가

폭신한

잔디 융단
펼쳐진 동산에서

그 옛날
학교 길에
책가방 던져 놓고
네 옆에 딩굴면서
청운의 꿈을
날렸었네

정다웠던
소꿉친구
꿈의 향수
민들레는
지금도 그 언덕에
피고 있을까?

# 바람 잘 날 없어라

봄볕이
수줍어
고개 숙이고
뽀송뽀송
피어나던
여린 꽃봉오리가

어느덧
황혼의 하늘 아래
백발을 날리고 있네

지극한 사랑으로
고이 키워 낸
씨앗들을
은빛 머리칼에 실어
먼 하늘로
날려보내고

우리 할매
닮은 할미꽃은

지금도
그 적막한
산골에 남아

떠나 보낸
씨앗들
아들 딸
생각에

바람 잘 날
없어라

# 회한

땅콩 오징어포
소주 한 잔에
강 언덕
옛 풀밭
가슴에 안기니

산이
저만치 감싸며
지켜봐 주시고
강물이
자애로이
속삭여 오시네

아! 아버지
어! 어머니
저 그림자

그리움이

피어올라
노을이 되는
꿈으로
천만 번
찾던 옛 산하

그 지극 정성의
합장 예배로
일월 성진에 비시던
그 사랑

땅콩 오징어포
소주 한 잔에
이제 와서 깨어나는
이 불효를 어찌 하오리까

# 조약돌 군상

깨지고
부딪치며
닳고 닳아서

동그랗고
매끄러운
얼굴들이 되었구나

떠나온
먼
고장은
산이었나
골이었나

투박해서
순수했던
옛 모습은
어디 가고

파도에
시달리며
흘러온
바닷가에

이제는
고운 자태들

무리끼리
모여서

키 재기
인물 자랑에
여념들이 없구나

# 돌부처

적막한
옛 절터
홀로 남은
외로움에도

사나운 눈 비 바람
무서운 천둥에도

그저 묵묵히
웃고만 서 있네

산새들이 머리에
똥을 싸고 가도

동네 개들 찾아와
오줌을 갈겨도

사람들이

오가며
소원을 빌고 가도

한결같은
사랑으로

웃어 주는

초연의
해탈

무량의
자비

변화무쌍한
싸움들의
소용돌이를
잠재울 수 있는

조용한 가르침
저 교감

침묵의 미소여

# 가을의 노래

저물어 가는
황량한 들녘
겨울이
바람을 타고
몰려오고

가을이
쫓겨 가는
나그네 길에

수수밭으로
찾아와서
구불구불
늘어진 잎자락
부여안고
너울너울
흐느적대는

저 몸부림은
쓸쓸한 이별의
하소연인가?

황혼의
못다한
낭만

멋스런
슬픔의
춤사위인가?

사각사각 구구구
조용한
속삭임의

저 소리는

구슬픈
가을의 노래인가?

# 나그네

산 넘어
저쪽
저녁 노을이 아득한
길 끝
적막한 산자락
오두막에

호롱불 켜 놓고
옹기종기
기다리는
눈들이 있어

등에 멘
무거운 짐
벗지 않고

부딪치며
밟히며

구비 돌고
고개 넘어

거센
바람 속을

황혼이 비낀
긴
운명의 그림자를
사슬처럼
달고 가는

나그네는
너일 수도
나일 수도

옛날이나
지금이나

우리는
모두가
고달픈 나그네

# 고독을 그리다

눈 감아도
잠 못 들어

명상의
허공
신비가 잠든
청자의
비색 하늘에

한 폭의
꿈으로 그리는
환상

고색의
묵흔이 꿈틀대는
낙낙장송의
묵화 한 그루

무엇을 찾는가?
허우적대며

불끈 솟은 옹이
뻗은 가지 끝에
성긴 솔잎 펴 들고

송방울 하나
매달려서

허공 속에
떨고 있는

저 외로움에
부는 바람 소리
그리듯이

그 허공에

나를 그리는
긴 겨울밤

# 송아지 눈망울에 흐르는 구름

신록이 깨어나
빛을 쏘는
오월의 밝은 새 아침에

간밤에
태어난
예쁜 송아지가
비틀비틀 걸음마로
내게
다가와

하늘을 쳐다보는
맑은 눈망울에
해가 뜨고
구름이 흐르면서

묻고 있구나

"이 신비로운
하늘 땅
바람 속에
우뚝
서 있는
너는 누구냐"고?

까맣게 모르는
세상에서
문득 찾아온
그의 눈에 비치는
"여기가 어디냐"고?

글쎄
나도
이 존재를
이 조화를
까맣게 모르는

영원한 불가사의
수수께끼
자연인 것을

# 콩잎 장아찌

황금빛으로
단풍 든 콩잎

한 잎
한 잎
똑 똑 따 모아

푹 삭은 젓갈에
갖은 약념으로

차곡차곡
된장 속에
재어 넣어

가을 햇볕 반짝이는
오지 항아리에
시간과 정성으로
익히셔서

보내 주신
할머니의
섬세하신
사랑의 손길이
향기로
스며드는

한 장
한 장에
비쳐 보며

투명한
맑은 모습

고향 그리워

# 눈 내리는 밤에

흐릿한
구름 장막 뒤에
달도
은근히 숨어
지켜보는 밤

하늘에선
은빛 꽃가루 뿌려오고
나무들은
가지 펴 들고
순백의 꽃을 피워 올려
축복의 손짓으로
이는 미풍의 누리

아련한
은관을 머리에 얹고
구름 너울 드레스
하늘거리며

달을 닮은
환한 미소로

하얗게 빛나는
융단 깔린
산야를
멀리서
사뿐사뿐
걸어오시는

영롱하게 맑은
눈의
연인을
꿈으로 기다려 보는
낭만에
잠 못 드는 밤

창밖에는

하염없이 눈이 내리네

# 여인들의 한복의 멋

보일 듯
보이지 않아
더욱 간절한
숨어서 구비치는
저 곡선미

미풍을 안고 도는
엷은 사
연보라 치마에
하늘하늘
고운 율동이
파도를 탄다

칠흑의 윤이 흐르는
머릿결 아래
시원하게 미끄러진
하얀 목 곡선을
야무지게

동정으로 여며 놓고

동그란
어깨를
감싸 안은

난렵한
남빛 저고리는
날개인 양

소매 곡선이
제비 같구나

분명
그 누구의
예술인 것을

봄바람

하늘 아래
펴쳐 보이는

# 은밀한 기도

예배도
합장도
성호도 긋지 않고

영혼의
깊숙한
근원의 기저에서

은밀히
기도하는
나를
깨달았네

마음의
눈이 뜨며
깊은 사색으로
살필수록
놀라는

자연의 신비

삼라만상에
흐르는
창조신의
큰 뜻

무한의 배려
그 사랑

어찌
그 섭리에
순응하지 않으리

비밀한
나의 기도를
나도 몰랐었네

사랑하며
착하게
따르리랏다고

# 군고구마 향기

희미한
가로등이
호젓한 골목길에
눈발이 날리고

은근히
숨어드는
구수한 냄새가
아련한 추억을
깨우는 밤

방한모를
깊숙이 눌러 쓰고
흐릿한
할아버지 그림자가
장작개비 불꽃에
일렁거리고

굽고 있는 드럼통
모퉁이
전봇대 아래

쿵쿵거리며
어슬렁대던
조무래기들

그 따끈한 감촉
꿈의 향기가
새삼
그리워지는

창밖에는
매서운
겨울바람 소리

# 수탉의 위용

볼수록
신비로운
먼
새들의 왕국
귀족의 후예인가?
저 화려한
불꽃 장식
화관을 쓰고

오색이 찬란한
깃털 목도리에
날개옷 걸치고

너울너울
곡선을 그리며
휘날리는 꼬리
깃발을 달고

찾아온
사명은

시간의
사도인가

캄캄한
첫새벽
하늘에

여명의
새 아침을

목청 돋우어
노래로
예언하는

너는 누구?

# 장떡 굽는 마을

가을이
단풍으로
붉게 익는 마을
한나절

가을걷이
새참으로
윤구럭 불 피워 놓고
솥뚜껑 뒤집어서
장떡 굽는
아줌마들
정다운 머리 수건들이

웃으며 손 흔들어
맛보고 가란다

반짝이는 항아리에
술 익는 유혹

그 장떡 향기에

내 어찌
반하지 않으리

된장에 풋고추
묵은 김치에

산초 방아
부추 잎을
숭숭
썰어 넣어

메밀가루
반죽으로
노릇노릇
구어낸
고향의 풍미에

막걸리

한 사발이

짜릿한 쾌감으로

코에서

목으로

풍월을 탄다

# 물의 소리

옹달샘 솟는
산골에선
소근소근
속삭이고

실개천
돌 틈에선
도란도란
얘기하고

계곡
바위들 누비며
콜 콜 콜
노래하다가

폭포 뛰어 내리며
쾅 쾅 쾅
표효하고

깊은 소에선
예쁜 어깨춤으로
찰랑찰랑
웃음소리
들려주더니

저무는 강
여울을 만나서는
철 철 철
떠나온
산을 못 잊어

달밤을
울면서
흐르네

# 산

저 크고
높은
육중한 몸이

깊은 잠에서
깨어난
아침

기지개 켜며
뿜어내는
숨기운이

안개로
피어나
몸을 휘감고

날아올라
구름으로

봉우리에 걸리니

아침 햇살에
찬란한
황금빛으로
빛나는

왕관을 쓰고
순백의
드레스를 걸친

장엄한
제왕이 되셨도다

# 개미

마련해 주신
섬세한
여섯 개 다리로
부지런히
땅을 기며
일하는 개미들이

하늘을
날아 다니는
새들을 쳐다보며

부러워하고
미워하고
질투만 하면서
게으름을 피운다면

아마
불행이란

우울병에 걸려
일찍 자멸할 것이다

대자연의
작은
한 자락일지라도
주신 대로

서로 돕고
부지런함으로

시름할
틈이 없는

일하는 기쁨의
행복에
사는

저 개미들을
보면서

# 반딧불 흐르는 계절

황혼으로
저무는
하늘의 반딧불인가?

하나 둘씩
깨어나는 별들이
깜박깜박
윙크해 오고

호반의 숲속으로
별들이 놀러 왔나?

반딧불들의 군무가
소리 없이 흐르며
반짝반짝
컸다 껐다 하며
은밀한 만남들에
불을 밝히는

저녁 어스름

연인들이
속삭이며
은근히 찾아드는
밀어들의 오솔길에

미풍이
숨어서 불어와
비밀을 엿듣고
짓궂게 옷깃을 날리며
씽긋 웃고
스쳐 가는 계절

멀리서
고요 속에서 메아리치는
은은한
산마을의 개 짖는 소리가

평화로운 낙원의
음악이어라

# 만년필에 흐르는 정서

너와 손잡고
하얀 공간을
달려가는 꿈의
노정에
무아의 시간이 흐른다

듬직한 양감에
나름의 체온을 지녀
감싸 쥐는 손길에
정다움이 흐른다

부드러운 금촉으로
미끄러지는 잉크의
파아란 흔적에
묘한 창조의
즐거움이 따른다

어느 봄날

외로움을 염려하며
사랑하는 막내딸의
선물로 찾아온

고색의
우아한 명품
대형 몽블랑 만년필이

황량한
삶의 시공에
반짝이는 순간의
섬광일지라도
함께
흔적을 남겨 보라고

텅 빈 도화지에
그리고픈 꿈나라를
제멋에 취해

낙서하는

아이가
되어 보라고

어쩌면
바라던
해탈의 시간이
거기 흐르리니

# 서예의 멋

하얀 선화지에
단순한
흑백의
묵흔일지라도

꿈틀대는
기백에
기품이 흐른다

쌓아온 연공의
기운이
생동하여

특이한 개성의
그 만의 멋이
바로 창조되는
예술이로다

일필휘지에
격이 솟고
운이 서려

그 정신의 품격
멋의 세계가 보인다

허무의 공간을
필묵으로 달리는
노정에
묘한 자국들의
여운이 피어나

무아의 경지
해탈의 시공

풍류의 낙원을
거니는 기쁨으로

인도해 주는구나

# 여백의 삶

건너온
사바세계가
한 폭의 묵화로다

임재하는
묵흔으로
피워 낸 산수 넘어

한을 남겨
비워 둔
그 여백을
즐기리로다

꿈나라의
어린이 되어
동화 속으로
마음 비워

낙서하듯
묵화치며
해탈을
배워 보랴

무위의
하얀 시공이야
그저
웃고 살리라

# 묵난墨蘭

한 떨기 묵난 잎이
붓끝에서 날아올라
멋스런 포물선으로
휘어져 사라지는
아스라한 그 여백에
눈이 시리다

선은 선이로되
선이 아니로다
휘어지고 꺾임이
격이 되고 운이 서려
고결한 풍류의 향기로
기품이 넘나든다

# 인간다운 것

주어진
한정된 짧은 생애를
유유히
자연으로
살지 않고

공부니
문명이니
돈이니
명예니 하며

정신없이
싸우다가

문득
철이 들어
깨달은 때는

이미
주어진 시간의
종점이
보여

한스러워하면서도
아니할 수 없는

사람들이
그래서

인간다운
것이라고 들
하며
산다네

# 엄마의 춤


초롱초롱
예쁜 눈과
눈을 맞추며

빵긋빵긋
웃는 재롱
그리도 보고파

두 손 모아 합장하며
손뼉치고
"깍꿍" 하고

나는 학인 양
나래를 펴고
너울너울
절을 하듯
춤추고 있는

아기 침대 앞의
저 엄마
무아경
바람의
저 부림

다른
여늬 사랑의 춤이
이보다
지순하고
아름다우랴

방글방글
웃어 주렴
아기 천사야

저리도 간절한
소원인 것을!

# 불면증 환자

속눈썹이 깊어서
예쁜 눈꺼풀에
쏟아지는
소나기 잠을
이기지 못해

밥을 입에 물고
꾸벅

오물오물
하다 말고
다시
꾸벅

목으로
넘기면서
또 한 번
꾸벅

귀여워서
못 견디는
아기
아빠는

볼수록
부러워서

못 견디는
불면증 환자

# 회귀의 여정

산은
공간에 머물고
강은
시간으로 흐르는
골짜기

생명이 주어진
우리들이
나그네로 흘러와서

산을 부여잡고
머물고져
울부짖는 애절한
하소연인가?

저 바람 소리
물소리는

본래
없는 것에서
태어나
본래
없는 것으로
회귀하는

본래 있었던 곳에서
떠나
본래 있었던 곳으로
윤회하는

삶이란 모두가
물이요 바람

마련된 윤회
회귀의 여정인 것을

그저 순응하며
따라 가리로다

# 바위 봉우리

울퉁불퉁
패이고
얽고

숭숭
구멍 뚫린
저 얼굴은

유구한 역사의
훈장들인가?

고색이 깊은
청회색 이끼 옷 입고
끝 모를
사색에 잠겨

엄숙한 향기
피워 올리는

하늘로 우뚝 솟은

저 위용은
누구의 작품?

아득한 세월
대자연이
눈과 비
바람으로
빚어낸

신비의 창조예술

그 앞에
기도하시던
우리 어머니의
신앙을
알 것 같아

나도 몰래
고개 숙여지는고

# 그저

그저 왔으니
그저 살다가
그저 가는 것이

멋이 없다고?

안 그저 왔다고
안 그저 살아야 하고
안 그저 가야 한다고

하여 본들 어쩌랴

개미로 태어 나면
기면서 즐겁게 살고

새로 태어 나면
나는 바람에 사는 것

자연으로
주어진
한정된 은혜를
열심히 사는 곳에
행복한
기쁨이 오는 것을

굽이굽이
희노애락도
마련된 노정인걸

이런 탓
저런 투정으로
한으로만
살 것인가

섭리된
큰 사랑 속에

자연으로
그저 왔으니
하늘에 구름 흐르듯
그저 웃으며
따르리로다

# 백합꽃 정서

우연히
거닐던 길에
정이 들어
당신은
하얀 달빛
젖은 백합꽃

말없이
눈물 글썽
고개 숙이고

따라온
굽이굽이
먼 여정을

홀연히 못 잊어
뒤돌아보니
추억의 노을 속에

아스라한
고난의 나그넷길
거센 바람을

눈물로
누벼 왔네
나의 반려

필연의
만남인가
오솔길에서
당신은
달빛 속에
피는 봉오리

이슬 품은
미소가
슬프도록 어여뻐

나란히
넘어온
꿈의 고갯길

새삼 이제 와서
회고해보니
슬플사
가물가물 사라져 가는
사나운 노정에
치는 풍우를

용케도
뚫고 왔네
나의 백합꽃

# 적막한 소리

고요한 마을
병약한 아이가
빈방에 혼자 누어
엄마 아빠 기다리며
듣던 소리는

귓속에서
울려 오는
욱. 욱. 욱.
자기 맥박 뛰는 소리

파리 한 마리가
왱
나래 소리 울리며
천장에서 출발해
방을 몇 바퀴 돌다가
머리맡에 앉으며
나래 접는 소리

외동으로 태어나
외로움에 지쳐서

북적대는
군상들의
소음을 그리워하며

적막해서
싫었던
그 소리가

이제 와서
향수로
젖어드는
그리움이
될 줄이야

눈 감으면

꿈속으로
들리는 듯 들리는 듯

적막했던
그 소리가
깨어나는고

# 거꾸로 보는 사람들

그 무슨
환상의 가지에
거꾸로 매달려서
세상을
거꾸로 보니

삼라만상이
온통
거꾸로 얽혀서
잘못돼 있었단다

하여
사사건건

오직
거꾸로 버티면서
반대하고
저항하며

부정만 하는 건지

글쎄
아무래도

세상에는
냉철하게
비교 분석하며

순리의 눈으로
살피면서

바로 보는
사람들이
더
많은 것을

# 우물 안 개구리

어쩌다가
넓은 세상
밖으로 기어나와

풍덩
큰 호수에
뛰어드니

출렁대는
물결 무늬 그림자에
하늘도
흔들렸다고

대단한
착각의 허상 속을
헤엄치며
호면을 어지럽히는

저 딱한
자만을
보는 마음

내일이
아프구나

주위에
숨어서
지켜보는

냉철하고
무서운
눈초리들을

아는지
모르는지?

# 가을 공원에서

쨍쨍
공원의 숲을
깨우며

놀고 있는
아이들의

저 귀여운
맑고 높은 톤들은

투명한
가을 하늘색
새파란
소프라노
새들의 노래
닮았다

어린시절

때묻지 않아
즐거웠던가?

먼
추억의
꿈나라가
환상으로 오는

그 공원 벤치에
날아든
단풍잎과
친구로
앉아

둥실둥실
흐르는 구름에

실려 가는

세월을
본다

# 향촌의 음악

찾아들면
까치들이 "깍 깍 깍"
반기며 짖어대고
멀리서 멍. 멍. 멍.
마을 개들 짖는 소리

하늘에선
종달새가 맑은 음색으로
"노고지리 노골노골"
노래하고

강변 풀밭에선
"음매~" 송아지 울고

돌 담장 골목길엔
닭들이 "꼬끼요" 목청 돋우고

뒷동산 대밭에선

"쩍 쩍 쩍" 참새들 합창

산속 어디선가 들려오는
"뻐꾹뻐꾹" 뻐꾸기 노래

볏논 들판에선
"뜸북뜸북" 뜸부기의
묘한 가락

강변 푸른 숲을 누비며
황금빛 꾀꼬리가
청아한 곡조로
꼬르르 꾀꼴꾀꼴
메아리쳤었지

그 소리가 그리워
찾아간 옛 마을은
논밭이 수몰되어

사람들은 떠나가고
몇 집만 남아서
잠자는 듯 고요한데

들리는 건
적막한
바람 소리뿐이었네

# 잔소리

관심이 없으면
잔소리가 있으랴

그것은 서로가
남이 아니기에
다른 어느 누구에게
쏟아낼 수 있으랴

관심이 많다는 건
애정이 깊다는 것

잔소리를
차분히 뒤집어 보면
알뜰한 보살핌의
표현인 것을

되풀이 되는
일상의

지루함을 깨워 주는
신선한 자극인 것을

혼자 사는
사람들에게
물어 보라
그런
지껄이가
얼마나 부러운지

무관심 속의
외로움 병이
얼마나 무서운지

잔소리를
웃으며
애정으로 포용하면

화보다

평화가 쌓여 가는

깨달음이 오는 것을

# 봄나물

풋풋한
봄나물들
향기가 그리워

찾아간
시장 어귀 양지쪽에
하얀 할매들이
모여 앉아
보따리를 펴놓고
팔고 있었네

쑥 꽃다지
달래 냉이 돌나물
고들빼기 민들레 뿌리
겨울을 이겨 낸 봄동 쪽파에
두릅 가죽 엄개나무 새순들과

이름도 어려운

가지가지 산야채를

다 팔아 보아도
얼마나 될까?

놓쳐서는
아니 될
계절의
진미들을

싸게
팔면서도
더
얹어 주는

순박한
할매들이
정다웠어라

손자들에 용돈 주는
재미로 산다면서
웃는 그 모습들에
축복을

# 달맞이 동산

달 뜨는 동산에
달맞이 가세나
우거진 숲
벚꽃들이
구름처럼
피어나서
은은한 달빛 속에
눈처럼 나리는
황홀한 꿈의 선경
향연을 즐기러

파도에 실려 오는
바닷바람 꽃물결에
정다운 이 손잡고
속삭이며 거닐면
여기가 바로 낙원
꿈나라 동산

먼 바다
수평선에
꽃구름
피어오르고

해운대
저녁 노을에
늠실대는
꽃바람을

내 어찌
잊을 수야
놓칠 수야